KB115703

눈雪 속에 그 이름 묻고

눈雪 속에 그 이름 묻고

발행일	2018년 8월 31일

지은이	정 승 수		
펴낸이	손 형 국		
펴낸곳	(주)북랩		
편집인	선일영	편집	오경진, 권혁신, 최예은, 최승헌, 김경무
디자인	이현수, 허지혜, 김민하, 한수희, 김윤주	제작	박기성, 황동현, 구성우, 정성배
마케팅	김회란, 박진관, 조하라		
출판등록	2004. 12. 1(제2012-000051호)		
주소	서울시 금천구 가산디지털 1로 168, 우림라이온스밸리 B동 B113, 114호		
홈페이지	www.book.co.kr		
전화번호	(02)2026-5777	팩스	(02)2026-5747

ISBN	979-11-6299-301-9 03810(종이책) 979-11-6299-302-6 05810(전자책)

이 도서의 국립중앙도서관 출판예정도서목록(CIP)은 서지정보유통지원시스템 홈페이지(http://seoji.nl.go.kr)와
국가자료공동목록시스템(http://www.nl.go.kr/kolisnet)에서 이용하실 수 있습니다.
(CIP제어번호: CIP2018026656)

눈雪 속에 그 이름 묻고

정승수 시집

북랩 book Lab

시인의 말

이 시집은 첫사랑의 애가이며
한 연인에게 못다 한 이야기다.
그 사람이 그리워서가 아니라
실연의 아픔을 잊지 않고
분발하고자 함이다.

만일 사랑하는 사람에게 배신을
당했을지라도 원망하지 말자.
모래알을 품고 아파하며 진주를
만들어내는 진주조개와 같이
아프고 눈물 나고 원망스런 형편에서도
성공의 에너지로 승화시켜 나가자.

넘어지고 낙심하고 절망하는 어려운 가운데
죄 짓지 않고 믿음으로 나갈 때, 선한 영이
강하고 크신 능력을 주시어 은혜로 채워 주셨다.
가장 아팠던 상처를 딛고 시인이 되게 해주신
하나님께 영광을 드리며 감사한다.

연애를 갈구하는 젊은이들이여!
한 사람을 사랑함은 아가페를 향한 첫 경험이다.
사랑하며 행복한 삶을 사는 데
보탬이 되었으면 하는 바람으로
시집『눈꽃 속에 그 이름 묻고』를 펴낸다.

2018년 여름 의암 호숫가에서

정봉 정승수

차례

1부
네잎 클로버

2부
사랑, 그 깊은 상처

창조의 욕구는 나이와는 상관없이 하나님을 향한 충성이며 항상 무엇인가 만들려는 노력은 내세를 위한 기념비이다.

1부

네
잎
클
로
버

눈빛

그대의 눈빛은 불타는 장미
그 뜨거운 불길로
내 가슴은 타오른다
꽃으로 핀다

황홀한 눈빛은 사랑한다는 신호
그 신호로 생명을 교감한다

멈출 수 없는 눈길,
멈출 수 없는 떨림의 눈망울
온몸은 신열로 꽃이 핀다

꽃 속에 진실이 숨어 있어
행복으로 피는 당신, 그 사랑
이 세상 온 천지에
그대 눈망울 꽃으로 피어난다

나는 그 꽃 속에서
바람처럼 흔들린다

네잎 클로버

벚꽃 피는 날
화사한 꽃잎 내게로 안겨 왔습니다

함초롬히 이슬 내린
넓은 풀밭에서
네잎 클로버를 찾았습니다

늦은 저녁 방에 들어왔을 때
작은 가슴은 천둥소리로
얼굴은 달빛처럼 환해졌습니다

오시는 길

그대 오시는 길에
코스모스를 심자
애잔하게 흔드는
꽃잎 위로 춤추는
고추잠자리 날개 끝에
방울 소리도 달자

그대 오시는 길에
코스모스 꽃잎마다
맺힌 이슬같이
학창시절의 꿈도 달자
귀뚜라미 청아한 소리처럼
그대 고운 노래도 달자

눈물 속에 그 이름 묻고

코스모스 꽃길을 걸어가노라면
즐거운 추억이 되살아나
어린 시절로 돌아가리라
아스라이 먼 길 끝에서
나비처럼 춤추며 오는
사랑하는 사람아, 내 사랑아!

석화산 단풍

오라!
석화산 단풍이 빨갛게 물든다
너와 나
가슴에서 가슴으로 뜨거워지자

오라!
석화산 단풍이 불타고 있다
너와 나
뜨거운 불 속에서 녹아지자

오라!
석화산 단풍이 낙엽 진다
너와 나
낙엽 되어 땅속에서 썩어지자

청춘예찬

청춘!
듣기만 하여도 가슴이 뛰는 청춘
용광로처럼 뜨거운 청춘이여
들꽃처럼 아름다운 청춘이여
인생의 봄이 가기 전에 열애하라
천사도 할 수 없는 특권을 누려라
진실된 연애는 하늘도 감동하리라

첫사랑

첫사랑은 이른 봄 지층을 뚫고 나오는 꽃봉오리

꽃샘바람처럼 격정적인 감정의 파도

갓 탄생한 송아지처럼 비틀거리는 발걸음

다양한 모양으로 감정을 만드는 목화구름

화려한 모란꽃, 꽃잎 지는 장미꽃 감정들,

가을비에 젖은 바람소리

바람 앞에 꺼질 듯 펄럭이는 촛불의 떨림,

그 떨림 속에서

나는 춤춘다, 흔들린다

눈물 속에 그 이름 묻고

그대여!

너는 나의 기쁨이다
너는 향기다
너는 찔레꽃이다
너는 분홍색이다
너는 나의 혼란이다
너는 기다림이다
너는 장미다
너는 유혹이다
너는 슬픔이다
너는 미혼의 잉태다
너는 애벌레
내게로 와서 노랑나비 되어
훨훨 날개 펴고 날아라

젊은 날

돌배나무 가지에 버선 달이 걸렸다
산과 집은 한 폭의 동양화
눈도 희고 달빛도 흰
하얀 길을 걸었다
우리의 만남은 하늘의 신비
첫눈 내린 석화산처럼 순결한 너와
내린천 달빛 따라 우리는 걸었다
산이 아름다운 것은
계곡을 품고 있기 때문이고
네가 아름다운 것은
사랑을 품고 있기 때문이다
사랑은 눈으로 보는 것이 아니라
마음으로 보는 것,
너와 나의 사랑은 샘물로 시작하여
한강을 이루리라
우리 젊은 날이여! 한강을, 기쁨을…

눈동자 속에 그 이름 묻고

나의 보배

그대가 나의 보배인 것은
다이아몬드처럼 값나가기 때문이 아니다

그대가 나의 보배인 것은
네온사인처럼 화려해서도 아니다

그대가 나의 보배인 것은
장미처럼 아름다워서도 아니다

그대가 나의 보배인 것은
사랑 속에 행복이 있기 때문이다

참깨 맛처럼

함께 먹고
함께 잠자고
즐거이 텃밭 매며
아들 딸 낳고
고소한 참깨 맛처럼 살자

모아둔 천 냥은 없을지라도
내린천가 초가집
조롱박 올리고
하하 호호 웃으며
오소소 참깨 쏟듯 살자

눈물 속에 그 이름 묻고

행복한 집

반석 위에 지은 집은 비바람에도 흔들리지 않으니
성실함으로 기둥을 세우고
사랑으로 지붕을 해 덮으며
고운 말씨로 벽을 바르고
나눔으로 넓은 창을 내고
참음으로 따듯한 바닥을 깐 후
겸손이라는 가구도 들여오자

이런 집에는 어떠한 어려움도 머무르지 못하니
정성들여 영원한 집을 짓자
지혜로운 사람은 머리로 집을 짓지 않고
가슴으로 집을 짓는다
행복을 기다리는 집보다
행복을 만드는 집을 지어보자

얼마나

얼마나 그리워해야 하늘에 사무칠까
얼마나 기도해야 소원을 이룰까
얼마나 미워해야 잊을 수 있을까
얼마나 애태워야 지울 수 있을까
얼마나 회개해야 속죄할 수 있을까

사랑한다는 건 무거운 멍에
발작하는 가슴앓이
언제쯤 이 병 내려 놓고
흰 새처럼 훨훨 날아오를 수 있을까

눈물 속에 그 이름 묻고

바보 애인

편지를 써 놓고 부칠까 말까 망설이는 내 심정을
그대는 모른다
그대가 졸업하는 날 그대 옆으로 달려가는 내 심정을
그대는 모른다
그 집 앞을 지날 때 행여 만날 수 있을까 조바심하는
나를
그대는 모른다
혹시 만나더라도 남들이 볼가 싶어 눈빛으로 말하는
나를
그대는 모른다

물불을 가릴 줄 모르는 어린애처럼
사랑이 돈보다
귀하다는 것을 모르는 바보 애인
내 마음을 모르는 너는
애타는 나를 덤덤히 바라볼 뿐
노숙자가 잠 들 곳을 바라보듯
나를 대하는 너는 관심이 없어 보인다

그런 바보 같은 네가 마냥 좋다
가난해도 너를 바라볼 수만 있어도 좋다
별이 되어도 만날 수 없고
바람으로도 만날 수 없다면
나는 차라리 뇌성마비 아이처럼 바보가 되어
바보인 네가 내 영원한 애인이 되었으면 좋겠다

과녁

어머니 탯줄을 쥐고 나온 이후
난생 처음으로 한 말
나와 결혼해요

이른 봄 솜털 속에서 갓 나온
목련봉오리처럼 아름다운 그대에게
나와 결혼해요

뜨거운 여름날 시원한 호숫가에 핀
연꽃처럼 순결한 그대에게
나와 결혼해요

떨리는 내 고백이
과녁에서 빗나간 화살처럼 떨어질지라도
메아리 되어 먼 훗날
그대 가슴에 다시 꽂혔으면

눈물 속에 그 이름 묻고

나는 제비꽃

나는 길섶에서 자라는 보잘것없는 제비꽃
외롭고 쓸쓸한 산골길섶에 서 있어요
그대여! 지나는 길에
그 꽃을 눈물겹게 사랑해 줄 수 없나요
나는 황무지에 서 있지만 낭만은 있어요
낭만이 있으면 사랑할 수도 있잖아요
우리가 흙이 되어 깊이 묻히기 전에
생명이 다할 때까지 풀과 별과 돌을 사랑하며
꽃향기를 풍기듯 그런 사랑을 해 보지 않겠어요

사랑의 그릇

만물에서 아름다움을 느낄 수 있는 감정을 주세요
아름다움을 느껴야 사랑할 수 있으니까요
사랑을 할 수 있어야 사랑을 줄 수도 있습니다

지혜는 사랑을 사랑인 줄 알게 하고
덕은 사랑을 남에게 베풀게 만듭니다
사랑을 받는 그릇이 클수록 고귀한 사랑을 느낄 수
있습니다
좋은 일을 많이 할수록 사랑받을 그릇도 커집니다

작은 그릇을 가진 사람은
아무리 큰 사랑을 주더라도 받을 수가 없지요
그릇의 크기만큼만 받고 나머지는
그릇 밖으로 모두 흘러버리고 만답니다

눈물 속에 그 이름 묻고

완전한 사랑
영원불변의 사랑은
그것을 받을 수 있는 크기의 그릇이
마련된 후에 비로소 얻을 수 있습니다

따라서 아름다운 것은 사랑스럽고
사랑스러운 것은 아름다워요
그 사랑을 영원이 간직하고자 하는
욕망을 누구나 가지고 있습니다
우리 서로 사랑을 받을 큰 그릇이 되어요

사랑이 있는 곳에

사랑이 있는 곳에 믿음이 있고
사랑이 있는 곳에 행복이 있습니다
사랑은 모자람을 만족으로
고통을 기쁨으로 승화시킵니다

돈으로 집은 살 수 있어도
돈으로 사랑은 살 수 없으므로
행함과 진실함이 있을 때
그것이 곧 사랑입니다

눈물 속에 그 이름 묻고

사랑은 너를 위해 내가
기꺼이 십자가에 못 박히는 일이니
기쁨과 행복만을 주는 사랑은 없고
사랑은 고통과 함께 오는 것입니다

돈으로 생명을 살 수 없으나
사랑 속에 생명이 자라며
지혜는 높은 곳을 향해 가지를 뻗고
사랑은 낮은 곳을 향해 뿌리를 내립니다

그대 오시려나

봄 햇살
눈부셔라

산수유 피면
그대 오시려나

창문을 여니
마당가에 볕 한 줄기

　　　　　　　　눈 속에 그 이름 묻고

첫눈

첫눈이 내린다
바람에 흔들리며 내린다
흔들리는 눈처럼
우리도 흔들리고 있다

우리 서로를 위해 중보기도 하자
그 정성이 하늘에 닿아
눈송이로 떠돌다가
푸른 솔가지에 내리듯이
눈과 함께 내린 은세계에 사랑을 쌓자

바람에 흔들리는 눈을
서로 얼싸안고 막아보자
얼었던 몸을 기대어보자
지성은 사랑을 꽃피우리라

좋은 당신

꽃으로 사는 사람보다
뿌리로 사는 당신을 좋아합니다

재산으로 사람을 평가하는 사람보다
그 사람의 인품을 평가하는 당신을 좋아합니다

서울이 좋다고 무조건 떠나는 사람보다
어느 곳이든 사랑하는 사람을 따라가는 당신을 좋아합
니다

눈 속에 그 이름 묻고

오색조 같이 옷 자랑하는 사람보다
된장찌개라도 맛있게 끓이는 당신을 좋아합니다

바람에 나는 먼지와 같이 마음이 가벼운 사람보다
금강송과 같이 사시사철 변함없는 당신을 좋아합니다

가뭄에 금방 시드는 노방초 같은 사람보다
언제나 푸른 대나무처럼 한결같은 당신을 좋아합니다

서양 난처럼 겉만 화려한 사람보다
대엽 난처럼 향기 그윽한 당신을 좋아합니다

봄이 오면 도지는 병

이름 모를 병을 앓고 있어요
봄이 오면 도지는 병
병명도 없고 치료할 약도 없습니다

말로는 표현할 수 없는 그리움으로
민둥산 억새처럼 여위어 가고
봄바람에 내 입술은 터졌습니다

진달래 필 무렵이면 도지는 병
산마다 뿌려놓은 그 붉은 빛은
그대를 향해 토해내는 나의 피랍니다

눈들 속에 그 이름 묻고

청춘아 사랑하자

청춘아 사랑하자
돈 있는 사람만 사랑하는 것이 아니라
가난해도 사랑할 수 있다
사랑으로 풀리지 않는 자물쇠란 없다
청춘은 아침햇살과 같으니
나는 그 누구보다도 위대하다

나는 너를 위해 너는 나를 위해
기도하는 정성은 하늘에 닿으리라
금방 헤어졌어도 왜 그리움에 젖는가
바람에 흔들리는 촛불처럼 불안한 마음을
함께 막아주면서 사랑을 지키고 싶다

2부

사랑, 그 깊은 상처

붉은 마귀

순진한 그대에게 찾아온 붉은 마귀
서울로 가면 낮처럼 밝은 네온사인과
백화점에는 갖고 싶은 많은 물건들 중에
신데렐라가 신고 다니던 유리 구두도 있단다
이 세상에서 돈이면 제일이지 무얼 바라느냐고
구레나룻 중년 신사의 뒤를 따라가기만 하면
모든 소원을 다 들어준다고 유혹했다
계산을 하는 순간 돈에 눈이 멀어
믿음은 무너지고 바람 든 영혼
그대는 시골 생활을 버리고
찬란한 거리를 꿈꾸며 갔다

눈물 속에 그 이름 묻고

그러나 그대의 그림자
낯선 빌딩에 걸려
돌아올 길을 잃고
낮달처럼 홀로 제 길을
잃고 말았다

그대, 등 뒤에서

그대가 등 돌리고 떠난 후
우리 사랑은 휴지 조각이 되고
나는 내 갈 길이 어딘지
내가 짚고 일어설 지팡이조차 없어
망연자실 허공만 응시했다

내 심장 터지면서도
당신만은 잘 살라고
빌고 또 빌었다
달님에게
해님에게

눈물 속에 그 이름 묻고

이별의 기도

이별은 아픔이다
이별은 고통이다
고통은 병이다

모래밭에 물이 새어나가듯
메마른 감정은
마른 풀밭이다

떠난 사람아, 사랑아!
떠가는 구름을 잡지 못하듯
잡을 수 없는 그대, 그대여!
그대 마음 한 조각
내 가슴에 머물기를
간구한다, 기도한다

젖은 신발

젖은 신발을 벗어버리듯
그렇게 저를 버리지 마세요
젖은 신발은 밤새 얼마나 힘들겠어요
젖은 신발을 따듯한 아궁이에 말리듯이
그대여!
내 젖은 몸을 말려 주세요
그대 따듯한 가슴으로 안아주세요
그대 온기에 내 눈물 마를 때까지

행운의 별을 찾아

절망이 잠시 쉬었다 가는 것이라면
슬프고 괴로운 일도 잠시
바람처럼 머물다 가는 것을
고통의 순간도
내 삶의 풍요로운 감정을 진정시키는 것이라면
그대 회심할 때까지
진실을 찾아 떠나리라
진리를 찾아 떠나가리라

들판에는 무수한 별들이 쏟아진다
별빛처럼 반짝이는 사랑을 찾아
내 가슴에 남아 오래도록
반짝일 사랑 찾아
그 별을 찾아가리라
행운의 별을 찾아가리라

패랭이꽃

돌 틈에 앉아 오들오들
떨고 있습니다
누가 버린 별꽃 하나
길가에 앉아
떨고 있습니다

지나가던 개미들이
살짝 몸을 흔들어 봅니다
아프다고 고개 살래살래
흔드는 패랭이꽃

외진 그늘에서
사람들의 시선 밖에서
혼자 늘 외롭습니다
외로워 밤이면 몰래
혼자 웁니다

눈틀 속에 그 이름 묻고

홍시 하나

첫서리 내릴 때까지
아끼던 감 한 개
간밤에 누가 따 먹었나요

홍시처럼
볼이 빠알간 그대를
어느 봇짐장수가 업고 갔나요

소리

송아지 떼어 놓고 우시장 가는 어미 소의 울음소리다

깊어가는 가을밤에 수풀에서 우는 귀뚜라미 소리다

노을 진 언덕 아래로 흘러가는 강물 소리다

잠들기 전에 산골짝 영嶺 넘어가는 부엉이 소리다

물에 빠진 손을 놓친 후에 멀리 떠내려간 그대여

기러기 울고 간 자리에 시리고 긴 어둠이 내린다

눈雪 속에 그 이름 묻고

슬픈 너

너는 내 슬픈 그림자
내가 무릎 꿇으면 너도 꿇고
내가 기도하면 너도 따라 했다

이젠 너를 사랑하기보다
원망하는 시간이 많다
너를 생각하는 시간보다
너를 잊고 사는 시간이 많다

눈물 속에 그 이름 묻고

굴러다니는 것이 돈이라고 하지만
어디 가도 돈은 잡히지 않고
오늘도 강가에 나가
돌멩이 한 짐 지고 온다

너는 내 슬픈 그림자
꿈속에서 누각을 짓다 말고
새벽별처럼 홀연히 사라지는
나팔꽃 같은 그대여!

쥐구멍

사랑을 위해 불로 뛰어들 용기가 없어
망설이는 나를 보고
비겁한 자라고 참새가 말했다
나가 죽으라고 토끼가 말했다
번개탄보다 못한 놈이라고 다람쥐가 말했다
나는 쥐구멍이라도 쏙 들어가고 싶었다

눈물 속에 그 이름 묻고

등불

그대 한사코 떠난다면
제설차가 되어
눈 쌓인 뱃재를
깨끗이 치워 드리겠소

그대 한사코 떠난다면
보름달이 되어
어두운 밤길을
환히 비추어 드리겠소

그대 한사코 떠난다면
구름 덮인 밤하늘
망대 위에 올라가
큰 등불이 되어 드리겠소

실어증

당신을 마지막으로 만났던 날 밤
너무 할 말이 많아 나는 실어증에 걸렸다
기氣 막혀 벙어리가 되었다

침묵은 할 말이 많다는 뜻이다
벙어리 가슴은 죽음과 같은 사랑이다
미움은 사랑의 증오심이다

길가에 죽었던 냉이꽃이 피어나듯이
나도 죽은 척하다가 다시 일어선다
나는 황사가 불던 날 폐렴에 걸린 가로수
너를 잃고 가로수처럼 휘청거린다
오랜 불면과 실어증에 걸린 은행나무처럼

바위가 된 그대

돈 많은 홀아비에게 시집간 그대를
굶주린 늑대처럼 밤마다 괴롭혔네

서울이 싫어 숨 막히는 서울이 싫어서
매일 고향 가는 꿈을 꾸었네

꿈결에 석화산 너럭바위가 되어
그 속에서 뉘우치는 기도를 드렸네

몽달귀신으로 나타난 애인의 혼령과
가난이 죄라던 부모의 저승 복을 빌었네

소낙비와 싸락눈에 부서지고 깨어지더니
바위 틈새로 진달래 꽃봉오리가 터져 나왔네

뻐-꾹 뻐-꾹 뻐꾸기는 노래 부르고
초록 가지들은 바람 가락에
그대 혼을 부르고 있네

주홍 글씨

너는 방화범
내 가슴에 불을 지르고 도망간 여인
현상금을 걸고
너를 수배한다

너는 살인자
나를 죽이고 숨어 사는 여인
전단지에 사진을 넣어
너를 찾는다

사랑을 배신한 자는
감형이 안 되는 무기수
가슴에 주홍 글씨가 새겨져
밤낮 돌로 맞는 꿈을 꿀 것이다

눈瞳 속에 그 이름 묻고

빛바랜 사진

그대가 등 돌리고 떠난 지 반평생
남은 것은 책갈피 속 낡은 사진뿐
빛바랜 사진은 기억 저편의 은밀한 비밀
덧없는 어둠의 세월
그것이 내 인생의 꽃다운 시절
그것은 사랑의 흠집
집착인가 애착인가
잊지 못하고 마음속에
가두어둔 까닭은 미련 때문이다

잊을 수 없다는 말은
잊을 수 없는 시간까지의 병
그 병은 작별로부터 시작된다
사랑은 다만 마음속에 간직하는 것인가
나는 빛바랜 사진을 불에 태운다

순례

그대 그리워
석화산 정상에 오른다
무심히 지나가는 회오리바람

그대 그리워
전농동 골목길에 서 있다
졸고 있는 희미한 보안등

그대 그리워
동해 바닷가에 갔다
그대의 뒷모습 보일 듯 말 듯
찾을 길 없다

별리 | 別離

첩첩이 둘러싸인 봉우리들과
휘감아 도는 백옥 같은 물
따라가는 골짜기마다
온통 불붙은 내린천 칠십 리 길
그리움이 얼마나 간절했으면
저토록 피를 토하는 붉은 단풍잎

잠시 머무름 속에도 아픔이 있고
떠나가는 길에도 아픔이 있네
눈물방울 맺힐 때 무지개 뜨니
첫사랑 떠난 날처럼 눈부신 하늘
핏빛보다 더 빨간 단풍을 바라보니
단풍잎은 마지막 이별을 고하네

남김없이 열정을 불사르고
바람에 흩어지는 나뭇잎에 가슴 설레네
단풍 들어 낙엽 지고 세월도 가면
헤어져서 후회하는 연인들처럼
순간에 사라지는 아름다움이란
활활 불붙는 단풍잎 같은 사랑

눈풀 속에 그 이름 묻고

절망

너를 잊으려고 나팔을 분다
너를 잊으려고 바위를 굴린다
너를 잊으려고 귀를 자른다

해는 서산에 앉아 붉은 피를 토한다
달맞이꽃 피는 밤에 먹구름 드리운다
그 밤에 너를 잊으려고 벼랑에서 떨어진다

사랑, 그 깊은 상처

눈 오는 날 밤
굴뚝새 한 마리 내 품에 들어왔다
이 세상에서는 들을 수 없는 새의 지저귐
펑펑 쏟아지는 눈도 멈추게 했다

어느 날 새는 날아가 버렸다
깃털만 수북이 남겨 놓은 채
깃털은 비수가 되어 수시로 나를 찌른다
째진 살점을 꿰매듯
나는 잃어버린 사랑을 끌어안고
감정의 시간을 꿰맨다

나무에 상처가 나도 아물며 자라듯
사랑도 깊은 상처를 안고 살아간다
태풍은 지나갔어도 패인 언덕은 남듯이
그대는 가도 내 사랑 상처는
깊은 옹이로 커져만 간다

피아노

거실에 놓인 낡은 피아노를
그대가 와서 두들겨다오
내겐 슬픈 일이 많아
목이 터져라 소리치고 싶구나

두드려야 터지는 소리
실연의 아픔을 승화시켜
좋은 멜로디로 거듭나려고 한다
슬픈 눈빛으로 바라만 보지 말고
열 손가락으로 내리쳐야 울리는 아름다운 소리

겨울 강물처럼 깊게 언 얼음덩이를
네가 좋아하던 데니보이를 불러주면
쌓인 분노가 봄 강물처럼 녹을까

낙엽처럼 쌓이는 고독보다
분수처럼 터지는 분노가 시원하구나
내 꿈길에 와서 그 노래 불러주면
무척 사랑했노라고 말해주리라

소쩍새

계방산 골짜기에서 샘물이 흐르듯
너를 보내고 나니 눈물이 흐른다
다시 만날 수 없는 절망감은
가로막힌 태산준령처럼 답답하구나
천년을 하루같이 서 있는 주목처럼
돌아올 날 천년을 기다리리
기다리다가 죽어버린 할배 무덤에서
밤새워 우는 소쩍새가 되리라

눈물 속에 그 이름 묻고

얼굴

너를 떼어 버리려고 대청봉에 오른다
천불동 단풍을 함께 보고픈 마음
여기에도 네 혼이 따라왔구나

너를 씻어 버리려고 동해로 간다
푸른 물결 위로 네 모습 어른거린다
여기에도 네 혼이 따라왔구나

아름다운 경치를 마주할 때
네가 곁에 있으면 얼마나 좋을까
문득 떠오르는 사랑했던 그 얼굴

솔바람

소나무는 멋지게 휘어지고
솔잎은 푸르른데
너는 어디로 갔느냐

사진을 함께 찍던 이 자리에
가지가 흔들릴 때마다
네 모습 어른거린다

목 놓아 울어도
대답 없는 사람아
솔바람 소리만 들려오누나

소나무 밑에 앉아
밤새워 우는 부엉이 소리에
나도 따라 하염없이 운다

월정사

낙엽 진 오대산으로 들어간다
피눈물이 뚝뚝 떨어지는 발자국 따라
뻥 뚫린 전나무 숲 사이로 들어간다

사랑하던 사람아!
사랑하던 사람아!
구층 탑 꼭대기에 걸려 있는
마지막 그 이름아!

빨치산 토벌로 연기에 그슬린 탑처럼
너를 부르다가
내 가슴도 까맣게 타 버렸구나

눈물 속에 그 이름 묻고

너를 용서하려고 무릎을 꿇었지만
내 죄가 너무 무거워 좌불안석이다

찬바람이 낙엽을 채 가듯
너를 미워한 죄
몇 겁劫이 흘러야
잊힐 것인가

새벽 인경 소리가
내 귓불을 때리며 지나간다

석화산 진달래

매년 봄소식을 가지고 찾아오건만
새롭게만 느껴지는 소박한 진달래는
먼 길을 찾아온 비구니처럼 애잔하다

야들야들 닿는 느낌에 윤기 흐르는
그 꽃은 온 산이 붉게 타오르며
그저 생긴 대로 산기슭에 피어 있다

누구에게 인정받고 싶어 피는 것이 아니니
쓸데없는 욕망으로 고통을 주지 않으며
분수에 맞지 않게 뽐내지도 않는다

눈 속에 그 이름 묻고

그는 예뻐지려고 화장도 안 하고
열정을 가지고 살다가 말없이 가 버린다
진달래의 매력은 그 무심함에 있는가

그대가 남기고 간 마지막 말 한마디는
살아라 헛되지 않게 잘 살아라
자연의 순리대로 푸르고 푸르게

빛나는 시간

고민하는 청춘아
내일 일은 내일 고민하자
오늘은 오늘로 최선을 다하고
오늘은 오늘로 감사하자
고난은 씨앗이요 성공의 지름길이다

누구나 빛나는 시간이 있었지
그중에 사랑할 때 가장 빛났단다
가치 있는 순간은 지금 이 시간뿐
강물처럼 머물지 않고 흘러간 사랑
흘러간 사랑을 후회하지 않음은
첫사랑이 내 생애가 이어지는
험난한 길 위에 이정표를 세웠음이라

눈 속에 그 이름 묻고

3부

용서와 화해

영혼을 깨워 준 당신

적막한 골짜기에서 만난 함박꽃처럼
그렇게 다가온 당신에게
먹구름 걷히고 햇살 비치는
그런 기쁨을 맛보았습니다

잃었던 영혼을 찾은
그런 희열을 느꼈지요
내 이름을 들으면 얼굴이 붉어진다는
젊은 날도 있었습니다

잠깐 천사로 왔다가 바람처럼 가 버린
당신을 원망도 해 보았지만
뒤돌아보니 잠자는 영혼을 깨워 준
참 고마운 당신이었습니다

눈물 속에 그 이름 묻고

고백하지 못한 말들

그대에게 미처 고백하지 못한 말들이 있어
개울가로 갔더니 뱀을 잡아먹는 황소개구리를 보았네

그대에게 미처 고백하지 못한 말들이 있어
재판정에 들어갔더니 돈이 정의를 때려눕히고 있었네

그대에게 미처 고백하지 못한 말들이 있어
산부인과에 갔더니 처녀가 죽은 아이를 낳았네

그대에게 미처 고백하지 못한 말들이 있어
결혼상담소에 갔더니 국적 없는 신부를 흥정하고 있었네

그대에게 미처 고백하지 못한 말들이 있어
흰 종이 위에 시를 썼더니 글자마다 눈물이었네

별

수많은 별 중에
내 별 하나 있습니다
밤이면 나도 별이 되어
함께 노래를 부릅니다

내 별이 갑자기 사라진 후
별들의 노랫소리도 그치고
나는 듣는 능력을 잃어버린 채
떠돌이별이 되어 그대 찾아
우주를 돌고 있습니다

눈들 속에 그 이름 묻고

통한의 눈물

갈릴리 호수에서 미친 바람을 만나 물에 빠진
베드로를 구해 준 주님을 생각하면
물속에 쓸려들어 가며 나에게 다시 오겠다는 그대를
손 한 번 내밀어주지 못한 비겁함에 통한의 눈물이 흐릅
니다

그대의 잘못이 나의 잘못이고 그대 행복이 나의 행복인데
위험한 고비에서 구해 주어야 참 사랑이 아닌가요
홍수에 떠내려가는 그대를 물끄러미 보면서
뛰어 들어가 구해주지 못했음을 용서해주세요

눈물을 머금고 뒤돌아서는 못난 나는
경건한 고백 위에 찢어진 깃발처럼 나풀거리는데
황금만능 시대의 더러운 자본주의의 늪에서
허우적거리는 내 자신이 가련해 보입니다

사랑의 깊이

나는 당신을 죽이지 않았습니다
나는 따라오는 당신의 모습을 죽이지 않았습니다
나는 귓가에 맴도는 당신의 노래를 죽이지 않았습니다
나는 사랑스런 당신의 눈빛을 죽이지 않았습니다
밤마다 유령처럼 나타나는 당신의 모습
나는 결코 당신을 죽이지 않았습니다

잊을 수 없는 당신의 모습
견딜 수 없는 그리움을 안고
소양강 물속으로 떨어졌습니다
물속에 들어가야 깊이를 알듯
이별을 해봐야 사랑의 깊이를 알기 때문입니다

하늘 아래

계방산 위에 하늘이 있다
하늘 아래 첫 동네
첫 동네 낡은 교회
마룻바닥에 내가 엎드려 있다
얼굴을 파묻고 울고 있다
그대를 사랑하는 것이 너무 힘들어
잊게 해 달라고 기도한다

나는 빈손으로 사랑했다
가난한 마음으로 사랑했다
초가지붕에서 잡초는 살아도
아스팔트에서는 못 산다고 했지만
돈은 현실이요 사랑은 꿈이라고
그대는 돈 냄새를 따라 서울로 가 버렸다

나는 그대를 잃고
허허벌판에 앉아
허공을 응시하며
빈손으로 기도했다

사랑은

사랑은 계산하지 않습니다
사랑은 돈에 끌려가지 않습니다
사랑은 손해 보는 것입니다
사랑은 내가 죽는 것입니다
그곳에 생명의 싹이 틉니다

내 유익만 생각하고
내 중심으로 생각하고
내 살 자리를 생각한다면
사랑이 아닙니다

사랑은 희생이며
사랑은 기쁨이며
사랑은 헌신이며
사랑은 주는 것입니다
이런 사랑이 세상을 기쁘게 합니다

눈물 속에 그 이름 묻고

그대 다시 태어난다면

그대 다시 태어난다면
행운의 별이 되어
내 마음을 비추어다오

그대 다시 태어난다면
어두운 밤 가로등 되어
길 잃은 나를 인도해다오

그대 다시 태어난다면
느티나무 그늘 되어
나의 쉼터가 되어다오

그대 다시 태어난다면
정절을 지키는 두루미처럼
철원 벌에서 살아다오

죗값

돈도 없이 사랑한다고 한 죄
집도 없이 결혼하자고 한 죄
눈물도 없이 고백한 죄
사랑이란 화분에 물 주는 정성과
과도果刀 같다는 것을 몰랐던 죄

사랑하면서 안 그런 척한 죄
죽을 먹고서 밥을 먹은 척한 죄
겨울을 이겨내야 꽃은 피듯
고통 없이 사랑만 얻으려는 죄
돌이켜 보면 죄 많은 청춘이었습니다

눈물 속에 그 이름 묻고

예전에

헤어져도 먼저 염려하는 것은
잘못을 저질러서가 아니라
예전에 사랑했기 때문입니다

늘 그대를 생각하는 것은
빚진 게 있어 그런 것이 아니라
예전에 사랑했기 때문입니다

그대를 위해 시를 쓰는 것은
할 일이 없어서가 아니라
예전에 사랑했기 때문입니다

백합처럼 아름다운 그대여
가까이 있을 때는 몰랐으나
떠난 후 아쉬움으로 남아 있습니다

슬픔

누가 내 삶의 의지를 꺾으려 하는가
누가 내 행복을 훔치려 드는가
누가 기적같이 온 사랑을 빼앗으려 하는가

자본주의는 약육강식의 더러운 시장바닥
사랑도 돈으로 사고파는 세상에서
공들여 가꾸어 놓은 꽃밭을 누가 짓밟았는가

내가 사랑하는 것
내가 가장 아끼는 것
내게 기쁨을 준 그대를 빼앗긴 슬픔은
내가 실연의 눈물을 흘리기 전부터
기쁨은 슬픔이었구나

눈물 속에 그 이름 묻고

후회

주님만 사랑하지 않고
어느 소녀를 더 사랑한 죄
부모를 사랑하지 않고
어느 소녀를 더 사랑한 죄
제자들을 사랑하지 않고
어느 소녀만을 사랑한 죄

사랑은 주는 것이라고 했는데
사랑을 받으려고만 한 죄
사랑은 희생이라 했는데
핑계 대며 내 몸만 사랑한 죄
그리하여 그대는 바람같이 사라지고
눈물 속에 후회만 가득하구나

눈雪 속에 그 이름 묻고

칼바람에 귓불 떼어갈 듯 꽁꽁 얼어붙던 날
나는 논산훈련소에서 등뼈 휘도록 훈련받고
너는 황금을 따라 푸른 꿈을 찾아갔다
그까짓 것, 세상에 사랑이 너 하나뿐이냐고
겉으로는 굳센 척했지만
눈보라 치는 동산에 올라가
네 이름
목이 터지도록 부르다가
함박눈 속에
네 이름 묻고
내 사랑도 묻고
빈 몸으로 휘청거리며
갈 길을 잃은 사슴처럼
길을 잃고 말았다

어리석은 선택

사막에 물과 황금이 있다면
그대는 어느 것을 선택하겠는가
물의 가치가 중요하다는 사실을
알면서도 황금을 선택한
어리석은 사람아
생명의 가치가 자본의 가치보다
더 중요하지 아니한가

사랑은 행복의 열쇠이니
세상을 변화시키는 것도 사랑이요
생명의 근원도 사랑이다
그대여, 탐욕의 바다에 빠지지 말고
뛰어넘어라
솟구쳐 올라라

바람

너는 아프로디테처럼
내 마음속에 들어와
대추나무 흔들듯
마구 흔들어 놓고
슬그머니 도망친
너는 심술퉁이 바람

너는 장희빈처럼
내 혼을 빼내서
바람개비 돌리듯
빙글빙글 돌리다가
싫증이 나면 가 버리는
너는 심술퉁이 바람

너와집

은하수 쏟아지는
산골짝 너와지붕

창문에 손기척 하는
샛바람 소리

부엉부엉 구슬픈 소리에
그대 생각 그립다

방화범

외로운 객지에서
불씨 하나 내 마음에 떨어졌습니다
처음엔 대수롭지 않던 불이
훨훨 타오릅니다
시뻘건 헛바닥을 널름거리며
풀도 태우고 나무도 태웁니다
눈 깜짝할 새 큰 산을 삼키고
내 마음도 시커멓게 타 버렸습니다
불을 지른 사람은 어디로 도망갔나요

새벽 기도

그대가 다녔던 학교엘 갔다오
음악실에서 울려 퍼지는 노랫소리
내 고향 남쪽 바다~
그대가 즐겨 불렀던 노래가
환청으로 내게 들려와요
노래는 추억을 싣고 오는 바람인가요

그대가 다녔던 교문엔 보름달이 비쳐요
까만 교복을 입고 나타난 매초롬한 맨드리
우연이 이곳에서 만날 줄이야
어디 갔다가 이제 왔어요
꿈도 많던 여고 시절

밤새 그리움에 울다가
터질 것만 같은 가슴을 안고
새벽기도에 나갔어요
주님 그대만은 잘 살게 해주세요
열심히 기도드렸어요

만남

바닷가 모래알처럼
많은 사람들 속에서 너를 만나
칠월의 백사장처럼
뜨겁게 사랑했었지

어느 바다를 떠돌다가
조개처럼 우연히 만나
반짝이는 백사장에 누워
알몸으로 굴러다녔지

태풍이 불어와
피서객들은 사라지고
세찬 파도에 밀려 너도 가고
나 홀로 껍데기로 남아
파도처럼 출렁이고 있구나

상처 1

아름다운 꽃잎에도 상처가 있습니다
반짝이는 별에도 상처가 있습니다
다이아몬드에도 상처가 있습니다
큰 나무에도 상처가 있습니다
사랑이 떠난 내 가슴에도 상처가 있습니다
벌레 먹은 먹골배가 더 달듯이
상처 입은 내 가슴은 더 넓어졌습니다

눈물 속에 그 이름 묻고

상처 2

과거가 해결되면 추억이 되고
과거가 해결 안 되면 상처로 남는다

슬픈 상처를 깨끗이 잊으라
굳은 마음이 부드러워지고
화해와 화평, 행복이 있으리라

사막에서 강물이 흐르고
광야에 큰길을 내며 가는 인생
미래를 보장받는 인생이 되리라

상처를 말끔히 씻어주면
기도할 때 기적이 일어나며
기업을 축복해 주시며
앞날이 열려 형통하리라

그리운 사람아

가을비가 추적추적 내린다
비는 예감을 동반하는가
어쩌면 그대를 만날 수 있으려나
그리운 사람을 그리워하기에
더욱 그리워진다

가을비는 가슴을 사무치게 한다
이것은 차라리 가슴을 찌르는 아픔
이제 무엇을 미워하고 무엇을 사랑하리
보이는 명동거리가 눈물겹고
들리는 모든 소리가 눈물겨워라
가을비 내리는 거리는 눈물겨워라

눈물 속에 그 이름 묻고

땅끝에 선다

문득 그대 생각 그리울 때면
땅끝에 선다
언뜻언뜻 잎 사이로 하늘이 보이듯이
바람 불 때마다 그대 생각난다
빈 하늘에 뭉게구름 일면
떠나간 사람이 그립구나
노을 진 하늘 아래 떨어져 나간 산들아
그 사이가 너무나 멀구나
진달래 피면 보고픈 얼굴 하나
흘러가는 꽃잎은 어느 곳에 닿을까
내 사랑도 냇물 따라 끝없이 흘러간다

간절한 기도

사막처럼 메마른 화초에 물을 주면 다시 살아날 수 있을까

아스팔트처럼 갈라진 논에 장맛비 내리면 벼가 자랄 수 있을까

흘러가는 냇물을 막으면 샘물로 되돌아올 수 있을까

눈빛이 사라진 그대에게 어떻게 하면 마음을 되돌릴 수 있을까

마른 땅 같은 그대 가슴에 어떻게 하면 사랑이 고일 수 있을까

나는 밤마다 마른 가슴으로 빈 하늘을 향해 두 손을 모은다

흰 돌

눈보라 속에서도 소나무는 푸르고
태풍 속에서도 대나무는 곧게 서 있다
오랜 세월 흔들림 없이 지켜온 바위를 보라
고난과 유혹을 이기면
새 이름이 새겨진 흰 돌*을 주리라

사람들은 이익 앞에 거미줄처럼 흔들리지만
사랑하는 연인을 배신하는 일만은 하지 말자
정절은 능력이나 재능이 아니라 태도에 달려있다
황금은 영원히 변하지 않는 색깔로 고귀하며
사람은 영원히 변치 않는 정절로 고귀하다

---

*흰 돌 ① 경기장에서 승리한 자에게 이름을 새겨주던 돌

② 연회장에서 초대의 표시로 사용되었던 돌로 신앙의 정절을 지킨

승리자에게 주는 상급이며 영광스러운 하나님 나라 잔치에 참여

할 수 있도록 하는 상급

이젠 나가라

너를 깨끗이 잊으마
내 마음에서 지워버리겠다는 말이다
수정 펜으로 네 이름 위에 덧칠을 한다

내 가족묘엔 네가 들어올 방이 없다
오랜 세월 배신한 너와 함께 살았으니
이젠 제발 나가라 나도 떠나련다

지겹도록 살고도 또 함께 가려느냐
지금은 떠나야 할 시간
머나먼 별나라로 떠날 시간이다

망각이라는 약을 먹고
추억도 미련도 잊어버린 채
치매에 걸린 나는 너를 모른다

행복

나는 행복해지려고 사랑했다
마음 안에 환하게 켜진 촛불
행복으로 가득한 나는
사랑으로 가득 차 있다
속 깊이 간직한 사랑은
길이 끝나는 곳에 사랑이 있다
사랑이 끝나는 곳에 눈물이 있다
눈물이 끝나는 곳에 벼랑이 있다
벼랑이 끝나는 곳에 바위가 있다
그 바위뿌리를 잡고 겨우 올라왔다
나는 행복해지려고 기도했다

눈물 속에 그 이름 묻고

판도라 상자

배신하고 간 너도 행복만 있는 것이 아니고
사랑을 잃었다고 불행만 있는 것도 아니다
기쁨과 슬픔 속에서도 행운은 찾아온다

삶은 기쁨과 슬픔이 날줄과 씨줄로 엮어진 무늬
행복과 고통을 섞여들어 무늬를 이루고
사랑도 미움도 그 무늬를 더해주는 색깔

바람 앞에 떨어지는 낙엽처럼
너 없으면 금방 죽을 것만 같아도
판도라 상자를 안고 다시 일어나 살고 있다

황혼

별과 같이 많은 사람 중에 나와 한평생 살아온 당신
이제 노을 진 하늘처럼 인생의 황혼이 찾아왔네요
구름은 가도 하늘은 남듯이 세월은 가도 사랑은 변함없어요
그대 보기만 해도 뛰는 가슴은 목련보다 더 아름다웠지요
뒤안길 걸으며 손잡았을 때 그 떨림이 사랑이었나 봐요

아이들은 자라서 민들레 홀씨처럼 흩어지고 우린 오붓하게
남았구려
푸르던 청춘은 사라지고 당신 머리엔 서리가 내렸네요
그렇다고 슬퍼 말아요 고난을 헤쳐 온 면류관이지요
이마엔 주름살 늘었어도 입가에 미소 여전히 사랑스러워요
꿈결같이 지나간 신혼 시절 우리의 앞날은 황금 길이지요

눈물 속에 그 이름 묻고

하루라도 못 보면 그리워 서로가 사랑에 빠졌던 젊은 날
우리의 사랑은 은근히 식지 않는 질그릇 같은 사랑, 그 사랑!
뜨거운 태양은 서산으로 기울었지만, 황혼의 빛이여!
그 빛 아름답듯이 젊은 날은 갔어도 우린 소망이 있어요
우리 살아있음에 감사해요, 남은 날도 좋은 꿈 꿈꾸며 살아요

용서와 화해

시작은 기쁨으로 힘차게 나갔는데
끝은 인내와 신뢰의 결핍으로 실패했습니다
다가서 문지방을 넘지 못했던 어리석음은
모든 것이 내 부족한 탓이니 용서하소서
실연을 남의 탓, 환경 탓이라고 원망했으나
수족관 속에 수만 마리 정어리 떼에 상어를 넣듯이
잠자는 내 영혼을 주님의 뜻대로 사용하시려고
역경 속에 큰 시련을 주심을 감사드립니다

사랑하던 사람이 제 곁을 떠났더라도 용서하게 하소서
원망과 증오 이 모든 웅어리진 것들을 용서하게 하소서
내 의지가 아니라 주님의 보혈로 용서하게 하소서
그의 가슴에 못 박는 일이 있었다면 내가 먼저 손 내밀게
하고
이성을 잃고 분노하여 상처를 주었다면
용서를 받고 화해의 은혜로 채워 주소서
생전에 그와의 관계가 아름답게 매듭짓도록 자비를 베푸
소서

후기

사랑은 감정의 흔들림이 아니라
영혼의 떨림입니다.
사랑을 느낄 수 있는
영혼을 주신 하나님이기에
사랑은 빛이요, 힘입니다.
끊임없이 솟구쳐 오르는 용암입니다.
사랑만이 진정한 부유함이고
유산입니다.
재산이나 명예는 두고 갈지라도
제 가슴에 품고 갈 수 있는 것은
오직 사랑뿐입니다.
사랑은 영원하며 무한합니다. 그러므로
사랑밖에는 세상을 변화시킬 아무것도 없습니다.
사랑하십시오! 뜨겁게 사랑하십시오.

2018년 여름
정봉 정승수

사랑은 빛이요, 힘이다
- 정승수 시인의 시 세계 -

이영춘(시인)

1. 사랑은 생명이다

청봉 정승수 시인은 오랫동안 교직에서 아이들과 같이 살아온 분이다. 아이들은 그 자체가 시다. 그런 탓인지 정 시인은 첫인상부터 아주 순수하고 맑다. 워즈워스 Wordsworth는 '아이들은 어른의 아버지'라 했다. 일평생 아이들과 교직 생활을 한 정승수 시인은 그만큼 순수한 인품을 지녔다는 뜻이다.

그의 이번 시집은 젊은 날 불태웠던 사랑 이야기다. 정승수 시인이 늦은 나이임에도 이런 시를 쓸 수 있었던 것은, 두 가지 이유에서이다. 첫 번째는 젊은 날 한때 누구나 사랑을 위해 몸과 마음을 불태운다는 보편적 진리 때문이다. 두 번째는 오늘날 곳곳에 만연해 있는 물질만능주의 풍조 때문이다. 그렇게 사랑하던 한 연인이 돈 때문에 돈을 따라 결혼을 해 버렸다는 것이 이 시집에 나타난 내용이다.

정승수 시인은 '시인의 말'에서 "이번 시집은 '첫사랑'에 대한 이야기이며 그 연인에게 못다 한 이야기다"라고 밝힌다. 이 첫사랑은 단순한 남녀 간의 사랑일 수도 있다. 그러나 더 승화시키면 정 시인이 신봉하는 하나님에 대한 사랑으로 간주할 수가 있다. 왜냐하면 이 시집의 '후기'에 그런 일면이 잘 드러나 있기 때문이다.

"사랑을 느낄 수 있는/영혼을 주신 하나님이기에/사랑은 빛이요, 힘입니다", "사랑은 영원하며 무한합니다. 그러므로/사랑밖에는 세상을 변화시킬 아무것도 없습니다"라고 역설한다.

한용운의 말대로 '기리운 것은 다 사랑'이 아니겠는가? 이제 정승수 시인의 '사랑의 세계', '사유의 세계'로 들어가 그의 안타까운 심상을 따라가 보자. 우선 이번 시집의 표제작이 된 「눈雪 속에 그 이름 묻고」부터 감상해 보겠다.

칼바람에 귓불 떼어갈 듯 꽁꽁 얼어붙던 날
나는 논산훈련소에서 등뼈 휘도록 훈련받고
너는 황금을 따라 푸른 꿈을 찾아갔다
그까짓 것, 세상에 사랑이 너 하나뿐이냐고
겉으로는 굳센 척했지만
나는 눈보라 치는 동산에 올라가
네 이름
목이 터지도록 부르다가
함박눈 속에
네 이름 묻고
내 사랑도 묻고
빈 몸으로 휘청거리며
갈 길을 잃은 사슴처럼
길을 잃고 말았다

　　　　　　　　　-「눈 속에 그 이름 묻고」 전문

참으로 가슴 아픈 시다. 20대 젊은 청년은 논산훈련소에서 고된 훈련으로 영내 생활을 한다. 오늘이나 내일이나 불철주야 오직 한 사람의 소식을 기다리며 그 어려운 영내 생활을 견딘다. 그러나 어느 날 세상에 두고 온 사랑하던 여인이 "황금을 따라 푸른 꿈을 찾아갔다/그까짓 것, 세상에 사랑이 너 하나뿐이냐고" 이를 악물고 버티려고 하지만 "눈보라 치는 동산에 올라가/네 이름/목이 터지도록 부르다가/함박눈 속에/네 이름 묻고/내 사랑도 묻고/빈 몸으로 휘청거리며/갈 길을 잃은 사슴처럼/길을 잃고 말았다"고 고백한다.

마치 질풍노도 문예 운동의 대표적 소설로 알려진 괴테 Goethe의 『젊은 베르테르의 슬픔』을 연상케 한다. 젊은 베르테르의 로테를 향한 사랑처럼 이 작품 「눈夁 속에 그 이름 묻고」도 너무나 절절하고 가슴 아픈 사랑의 시다. 더구나 우리들의 아들 같은 한 청년이 훈련소에 갇혀서 연인으로부터 배신의 소식을 듣는다면 그 참담한 심정이 어떠할 것인지는 짐작하고도 남는다. 더구나 이 시에 나타난 '눈보라 치는 산에 올라가 혼자 울부짖었을 청년의 고통을 상상하면 전율이 인다.

다음은 제1부에 주로 배열한 '사랑'의 감정이 싹튼, 즉 발화가 되었다고 생각되는 내용으로 창작된 작품 몇 편을 골라 감상해 보겠다.

벚꽃 피는 날
화사한 꽃잎 내게로 안겨 왔습니다

함초롬히 이슬 내린
넓은 풀밭에서
네잎 클로버를 찾았습니다

늦은 저녁 방에 들어왔을 때
작은 가슴은 천둥소리로
얼굴은 달빛처럼 환해졌습니다

- 「네잎 클로버」 전문

'네잎 클로버'의 꽃말이 '행운'이라는 것은 보편적으로 알려진 상징이다.

'넓은 풀밭에서' 그 행운의 상징인 "네잎 클로버를 찾았다"는 것은 결국 행운처럼 한 연인을 만났다는 것을 암시한다. '넓은 풀밭'은 넓은 세상을 뜻한다. 이렇게 넓은 세상, 수많은 사람 속에서 '행운'을 만나듯이 한 사람을 찾았다는 것을 '클로버'를 통하여 암시하고 있다. 그 '행운'을 품고 화자話者가 "늦은 저녁 방에 들어왔을 때/작은 가슴은 천둥소리로/얼굴은 달빛처럼 환해졌다"고 그 사랑의 황홀경을 고백한다. 이 황홀한 사랑의 감정은 읽는 이로 하여금 호기심과 함께 긴장감을 유발한다.

그대의 눈빛은 불타는 장미
그 뜨거운 불길로
내 가슴은 타오른다
꽃으로 핀다

황홀한 눈빛은 사랑한다는 신호
그 신호로 생명을 교감한다

멈출 수 없는 눈길,
멈출 수 없는 떨림의 눈방울
온몸은 신열로 꽃이 핀다

꽃 속에 진실이 숨어 있어
행복으로 피는 당신, 그 사랑
이 세상 온 천지에
그대 눈방울 꽃으로 피어난다

나는 그 꽃 속에서
바람처럼 흔들린다

-「눈빛」 전문

「눈빛」의 화자persona 역시 작자 자신이다. 화자는 사랑의 대상인 '당신의 눈빛'을 '사랑의 눈빛'으로 형상화하고 있다. 그 '황홀한 눈빛'을 '사랑한다는 신호'로 받아들여 "그 신호로 생명을 교감한다"고 고백한다. 눈빛과 '생명을 교감한다'는 이것은 가히 우주적 발상이다. 왜냐하면 이 세상 모든 생명체는 창조주가 주신 것이기 때문이다. 그러므로 '생명을 교감한다'는 것의 바탕에는 일종의 종교의식이 깔려 있음을 짐작할 수 있다.

4연에서는 "꽃 속에 진실이 숨어 있어/행복으로 피는 당신, 그 사랑/이 세상 온 천지에/그대 눈망울 꽃으로 피어난다"고 감각적으로 표현하고 있다. 연인을 꽃으로 상징하여 나는 "그 꽃 속에서/바람처럼 흔들린다" 고백한다. 그러므로 이 시의 중심 시어는 꽃이 눈망울이 되고 다시 그 꽃은 '눈빛'으로 형상화되는 사랑의 과정이다.

첫사랑은 이른 봄 지층을 뚫고 나오는 꽃봉오리

꽃샘바람처럼 격정적인 감정의 파도

갓 탄생한 송아지처럼 비틀거리는 발걸음

다양한 모양으로 감정을 만드는 목화구름

화려한 모란꽃, 꽃잎 지는 장미꽃 감정들,

가을비에 젖은 바람소리

바람 앞에 꺼질 듯 펄럭이는 촛불의 떨림,

그 떨림 속에서

나는 춤춘다, 흔들린다

－「첫사랑」 전문

「첫사랑」, 이 시는 마치 첫사랑에 대한 정의를 내려놓은 듯한 작품이다.

9연으로 된 이 시는 끝 두 행을 제외하고 시행을 전부 명사나 명사형으로 처리하여 '첫사랑의 정의'를 내리고 있다. 즉, 정승수 시인에게 '첫사랑'은 '꽃봉오리', '파도', '발걸음', '목화구름', '감정들', '바람소리', '떨림' 같은 것들이다. 이 명사로 된 단어들이 상징하는 원형심상을 유추하면 시인이 말하려는 첫사랑의 의미를 십분 파악할 수 있다. 한두 단어만 그 원형상징 속에 숨은 뜻을 알아보면 이런 것이다. '감정의 시작'은 '꽃봉오리'로 상징되었고, '열정'은 '파도'로 상징된 것이다. 또한 이 시는 감정의 절제와 순화를 위하여 공간 확대로 시행을 배치한 것이 특징이다. 70여 편이 넘는 시를 다 다룰 수 없어 특징적인 시만을 언급하다 보니 충분조건이 미흡할 수도 있음을 전제한다.

그러나, 제1부에 배열된 시의 내용을 요약한다면 정승수 시인은 사랑을 "용광로처럼 뜨거운 청춘이여/들꽃처럼 아름다운 청춘이여/인생의 봄이 가기 전에 열애하라"(「청춘예찬」)고 외친다.

또한 "사랑이 있는 곳에 믿음이 있고/사랑이 있는 곳에 행복이 있습니다/(중략)/사랑 속에 생명이 자라며/지혜는 높은 곳을 향해 가지를 뻗고/사랑은 낮은 곳을 향해 뿌리를 내립니다"(「사랑이 있는 곳에」)고 외친다. 이와

같이 정승수 시인의 인생관 내지 그가 지향하는 사랑의 세계가 어떤 것인지를 우리는 짐작할 수 있다. 1부에서 한 작품만 더 감상하면 그가 지향하는 세계나 그의 종교적 사상의 일면을 엿볼 수 있다.

첫눈이 내린다
바람에 흔들리며 내린다
흔들리는 눈처럼
우리도 흔들리고 있다

우리 서로를 위해 중보기도 하자
그 정성이 하늘에 닿아
눈송이로 떠돌다가
푸른 솔가지에 내리듯이
눈과 함께 내린 은세계에 사랑을 쌓자

바람에 흔들리는 눈을
서로 얼싸안고 막아 보자
얼었던 몸을 기대어 보자
지성은 사랑을 꽃피우리라

－「첫눈」전문

눈䓈속에 그 이름 묻고

2. 사랑으로 인한 상처

인간은 누구나 사랑으로 인해 상처를 받는다. 그것이 '이별'일 때는 더 말할 것도 없다. 인류역사상 사랑의 상처만큼 큰 상처가 어디 또 있겠는가? 가롯 유다가 예수님을 버린 것도 그렇다. 인류를 구원하고자 했던 예수님을 십자가에 못 박아 죽임을 당하게 한 것은 인류애人類愛에 대한 비극적 상처다. 흔히 인생의 주제thema를 '만남, 사랑, 이별, 그리고 죽음'이라고 한다. 죽음 다음으로 아픈 것이 '이별'이다. 젊은 날 정승수 시인이 겪었던 '이별의 상처'를 들여다봄으로써 이것을 타산지석으로 삼는 것이 어떨까 생각한다.

첫서리 내릴 때까지
아끼던 감 한 개
간밤에 누가 따 먹었나요

홍시처럼
볼이 빠알간 그대를
어느 봇짐 장수가 업고 갔나요

「홍시 하나」는 단조로우면서 함축미를 잘 살려낸 작품이다. 앞에서 전제로 한 모든 내용으로 미루어 이 시가 무엇을 말하는 것인지는 이미 다 눈치 챘을 것이다. '아끼던 감 한 개'가 감쪽같이 다른 사람에게 빼앗긴 것을 암시한다. "홍시처럼/볼이 빠알간 그대를/어느 봇짐장수가 업고 갔나요"라고 설의한다. 이 설의법은 빼앗긴 사랑에 대한 안타까움과 아쉬움을 강조한 말이다. 참으로 안타깝게 연인을 잃어버린 시다.

눈 오는 날 밤
굴뚝새 한 마리 내 품에 들어왔다
이 세상에서는 들을 수 없는 새의 지저귐
펑펑 쏟아지는 눈도 멈추게 했다

어느 날 새는 날아가 버렸다
깃털만 수북이 남겨 놓은 채
깃털은 비수가 되어 수시로 나를 찌른다
째진 살점을 꿰매듯
나는 잃어버린 사랑을 끌어안고
감정의 시간을 꿰맨다

나무에 상처가 나도 아물며 자라듯
사랑도 깊은 상처를 안고 살아간다
태풍은 지나갔어도 패인 언덕은 남듯이
그대는 가도 내 사랑 상처는
깊은 옹이로 커져만 간다

－「사랑, 그 깊은 상처」전문

눈(雪)속에 그 이름 묻고

순진한 그대에게 찾아온 붉은 마귀
서울로 가면 낮처럼 밝은 네온사인과
백화점에는 갖고 싶은 많은 물건들 중에
신데렐라가 신고 다니던 유리 구두도 있단다
이 세상에서 돈이면 제일이지 무얼 바라느냐고
구레나룻 중년 신사의 뒤를 따라가기만 하면
모든 소원을 다 들어준다고 유혹했다
계산을 하는 순간 돈에 눈이 멀어
믿음은 무너지고 바람 든 영혼
그대는 시골 생활을 버리고
찬란한 거리를 꿈꾸며 갔다

그러나 그대의 그림자
낯선 빌딩에 걸려
돌아올 길을 잃고
낮달처럼 홀로 제 길을
잃고 말았다

— 「붉은 마귀」 전문

앞의 두 작품은 그 표현 방법에 있어서 극히 대조된다. 「사랑, 그 깊은 상처」는 제목을 직설적인 표현으로 썼지만 대체로 잘 순화된 작품이다.

1연에서는 사랑의 대상과 '만남'을 "굴뚝새 한 마리 내 품에 들어왔다"고 묘사한다. 그런데 2연에서는 "깃털만 수북이 남겨 놓은 채/날아가 버렸다"고 한다. 그 "깃털이 비수가 되어 수시로 나를 찌른다/째진 살점을 꿰매듯/감정의 시간을 꿰맨다"고 하며 '스스로 감정을 순화'시키려는 노력이 안타깝게 그려져 있다.

그런데 「붉은 마귀」에서는 연인과의 '이별'을 너무 사실적으로 적나라하게 그려내고 있다. 시는 사실적 설명이 아니라, 묘사를 통한 함축이란 점을 간과해서는 안 될 일이다. 모든 사건이나 사물은 수사적 언어로 비유되었을 때 시적 가치를 지닌다. 그러나 "그대의 그림자/낯선 빌딩에 걸려/돌아올 길을 잃고/낮달처럼 홀로 제 길을/잃고 말았다"는 적절한 비유를 통하여 잘 묘사되어 있어서 시다운 여운을 준다. 그리고 우리가 이 시에서 간과해서는 안 될 요소가 있다. 물질만능주의에 맹종한다는 사실을 경종으로 받아들여야 할 일이란 점이다. 그런 의미에서 이 시는 다분히 교훈성을 띠고 있음을 암시한다.

너를 잊으려고 나팔을 분다
너를 잊으려고 바위를 굴린다
너를 잊으려고 귀를 자른다

해는 서산에 앉아 붉은 피를 토한다
달맞이꽃 피는 밤에 먹구름 드리운다
그 밤에 너를 잊으려고 벼랑에서 떨어진다

— 「절망」 전문

사랑하던 연인이 '돈에 팔려' 이별하게 되었다면 그 이
상 더 아픈 '절망'이 어디 또 있겠는가? 이 시에서 '절망'
은 '벼랑'으로 대칭된다. 극한적인 상상력도 발휘되어 있
다. '너를 잊으려고 귀를 자른다', '달맞이꽃 피는 밤에
먹구름 드리운.' '그 밤에 너를 잊으려고 벼랑에서 떨어
진다'와 같은 표현이다. 빈센트 반 고흐가 극한적인 감
정의 소용돌이 속에서 자신의 귀를 잘랐듯이 화자는
이별의 괴로움을 잊으려고 혹은 모든 소리를 듣지 않으
려고 '귀를 자른다'는 것이고 '벼랑에서 떨어진다'고 표현
한다. 참으로 처절한 사랑의 몸부림이다. 이런 비극적
'이별'로 인해 '아픔'이 '원망'으로 전이된 시 한 편을 더
감상해 보자.

너는 방화범
내 가슴에 불을 지르고 도망간 여인
현상금을 걸고
너를 수배한다

너는 살인자
나를 죽이고 숨어 사는 여인
전단지에 사진을 넣어
너를 찾는다

사랑을 배신한 자는
감형이 안 되는 무기수
가슴에 주홍 글씨가 새겨져
밤낮 돌로 맞는 꿈을 꿀 것이다

-「주홍 글씨」 전문

「주홍 글씨」는 우리가 널리 알고 있는 다니엘 호손의 소설 제목이다. 성범죄를 저지른 여자를 향하여 돌을 던지듯이 '내 가슴에 불을 지르고 도망간 여인'에게 "현상금을 붙이고/너를 수배한다//(생략)//사랑을 배신한 자는/감형이 안 되는 무기수"가 되어 '가슴에 주홍 글씨가 새겨져/밤낮 돌로 맞는 꿈을 꿀 것'이라고 상상한다. 돌을 던지는 사람은 '나'라는 화자가 아니다. 떠나간 연인 그 스스로가 '돌로 맞는 꿈을 꿀 것'이라고 가정하는 것이다. 그만큼 떠나간 그녀도 스스로 자책하고 있을 것이라는 상상이다. 이 상상은 어디까지나 그 연인을 나쁘게만 보지 않겠다는 소망으로 느껴지기도 한다.

그러나 한편으로는 고려가요의 「가시리」나 김소월의 「진달래꽃」처럼 원망이나 저주를 뛰어넘어 가시는 길에 「등불」이 되어 주겠다는 헌시獻詩도 있다.

그대 한사코 떠난다면
제설차가 되어
눈 쌓인 뱃재를
깨끗이 치워드리겠소

그대 한사코 떠난다면
보름달이 되어
어두운 밤길을
환히 비추어드리겠소

그대 한사코 떠난다면
구름 덮인 밤하늘
방대 위에 올라가
큰 등불이 되어드리겠소

－「등불」 전문

눈 속에 그 이름 묻고

마치 백제가요 「정읍사」 같은 분위기가 느껴진다. "달아 높이 높이 돋으시어/어기야차 멀리멀리 비치게 하시라" (「정읍사」)와 같이 작자는 "보름달이 되어/어두운 밤길 을/환히 비추어드리겠"단다. 또한 "망대 위에 올라가/큰 등불이 되어드리겠"단다. 이렇게 연인이 가시는 길에 '등불'이 되겠다는 결의는 소망과 축원을 아우르는 박애 주의적 인간애다.

그러면서도 마음속 한편으로 그 「얼굴」을 잊을 수 없 어, 그 연인을 잊기 위하여 「순례」를 계속한다. "그대 그 리워/석화산 정상에 오른다", "그대 그리워/전농동 골목 길에 서 있다", "그대 그리워/동해 바닷가에 갔다"(「순례」 부분) "너를 떼어 버리려고 대청봉에 오른다", "너를 씻 어 버리려고 동해로 간다", "여기에도 네 혼이 따라왔구 나"(「얼굴」 부분)
이토록 잊으려고 애쓰는 '순례'의 심정은 처절하다. 이 경지를 넘어서면 차라리 정신적 수양의 경지에 도달할 것이라고 억측하게 된다. 정승수 시인은 젊은 시절에 겪 었던 일로 인해 정신적으로 많은 수양을 했을 것이라 유추할 수 있다.
그런 의미의 연장선상에서 정승수 시인은 제3부에서 '용서와 화해'라는 큰 타이틀로 이 시집의 정서적 파동 의 순서를 풀어나가고 있다.

3. 박애주의적 사랑, 화해와 용서

아름다운 꽃잎에도 상처가 있습니다
반짝이는 별에도 상처가 있습니다
다이아몬드에도 상처가 있습니다
큰 나무에도 상처가 있습니다
사랑이 떠난 내 가슴에도 상처가 있습니다
벌레 먹은 먹골배가 더 달듯이
상처 입은 내 가슴은 더 넓어졌습니다

－「상처 1」전문

눈물속에 그 이름 묻고

이 시는 위에서 언급한 대로 열병 같은 사랑도, 아니 질 풍노도 같은 감정도 지나고 나면 수양이 될 수 있음을 보여준다. 「상처 1」이라는 이 시에서 작자는 이 세상 아름다운 모든 것은 '상처'가 있다고 비유한다. 꽃잎에도, 별에도, 다이아몬드에도, 나무에도, '상처'가 있듯이 말이다. 그리고 벌레 먹은 먹골배가 더 달듯이 상처 입은 내 가슴은 더 넓어졌다고 고백한다. 오랜 시련과 고통을 안고 살아온 사람의 구도와 같은 수양의 자세다. 이 '수양'은 「새벽 기도」로 이어진다.

그대가 다녔던 학교엘 갔다오
음악실에서 울려 퍼지는 노랫소리
내 고향 남쪽 바다~
그대가 즐겨 불렀던 노래가
환청으로 내게 들려와요
노래는 추억을 싣고 오는 바람인가요

그대가 다녔던 교문엔 보름달이 비쳐요
까만 교복을 입고 나타난 매초롬한 맨드리
우연히 이곳에서 만날 줄이야
어디 갔다가 이제 왔어요
꿈도 많던 여고 시절

밤새 그리움에 울다가
터질 것만 같은 가슴을 안고
새벽기도에 나갔어요
주님 그대만은 잘 살게 해주세요
열심히 기도드렸어요

             －「새벽 기도」전문

'원망'과 '미움' 그리고 '절망'에서 시인의 사랑의 감정은 이제 '용서'와 '화해' 그리고 '축복'을 빌어주는 단계에까지 이른다. 이것이 진정한 기독교적인 사랑의 정신일 것이다. 언어의 집을 짓는(하이데거) 시인으로서의 정서일 것이다. "가슴이 터질 것만 같은 그리움을 안고/새벽 기도에 나갔어요/주님 그대만은 잘 살게 해 주세요/열심히 기도 드렸어요" 이 얼마나 순수한 감정인가! 오랜 세월 세상을 건너온 한 어른이 이렇게 순수한 박애주의적 사랑으로 돌아갈 수 있다는 것은 그만큼 때 묻지 않았다는 뜻이다. 이처럼 정승수 시인의 '새벽 기도'가 계속 이어져 영원한 귀의처인 하나님의 나라에까지 영달되길 기원한다.

시작은 기쁨으로 힘차게 나갔는데
끝은 인내와 신뢰의 결핍으로 실패했습니다
다가서 문지방을 넘지 못했던 어리석음은
모든 것이 내 부족한 탓이니 용서하소서
실연을 남의 탓, 환경 탓이라고 원망했으나
수족관 속 수만 마리 정어리 떼에 상어를 넣듯이
잠자는 내 영혼을 주님의 뜻대로 사용하시려고
역경 속에 큰 시련을 주심을 감사드립니다

사랑하던 사람이 제 곁을 떠났더라도 용서하게
하소서
원망과 증오 이 모든 응어리진 것들을 용서하게
하소서
내 의지가 아니라 주님의 보혈로 용서하게 하소서
그의 가슴에 못 박는 일이 있었다면 내가 먼저 손
내밀게 하고
이성을 잃고 분노하여 상처를 주었다면
용서를 받고 화해의 은혜로 채워 주소서
생전에 그와의 관계가 아름답게 매듭짓도록 자비
를 베푸소서

―「용서와 화해」 전문

눈 속에 그 이름 묻고

「용서와 화해」란 이 작품은 제목만으로도 감지할 수 있듯이 기도문을 통하여 그 격렬했던 실연의 감정이 평정을 이루고 순화되어 있음을 알 수 있다. "수족관 속에 수만 마리 정어리 떼에 상어를 넣듯이/잠자는 내 영혼을 주님의 뜻대로 사용하시려고/역경 속에 큰 시련을 주심을 감사드립니다"라고 고백한다.

"그의 가슴에 못 박는 일이 있었다면 내가 먼저 손 내밀게 하고/이성을 잃고 분노하여 상처를 주었다면/용서를 받고 화해의 은혜로 채워 주소서/생전에 그와의 관계가 아름답게 매듭짓도록 자비를 베푸소서"라는 호소는 완성된 하나의 기도문이다. 이 세상을 살다 보면 꼭 에로틱한 남녀 간의 사랑만이 아니라, 이웃과의 사랑에도 이런 자비의 기도가 깃들어 있어야 할 것이다. 이것이 참다운 종교인이고 박애주의적 사상일 것이다.

마지막으로 「너와집」과 「간절한 기도」를 감상해 보자.

은하수 쏟아지는
산골짝 너와지붕

창문에 손기척 하는
샛바람 소리

부엉부엉 구슬픈 소리에
그대 생각 그립다

　　　　　　　　　　　－「너와집」전문

　　　　　　　　　눈雪속에 그 이름 묻고

사막처럼 메마른 화초에 물을 주면 다시 살아날
수 있을까

아스팔트처럼 갈라진 논에 장맛비 내리면 벼가
자랄 수 있을까

흘러가는 냇물을 막으면 샘물로 되돌아올 수 있
을까

눈빛이 사라진 그대에게 어떻게 하면 마음을 되
돌릴 수 있을까

마른 땅 같은 그대 가슴에 어떻게 하면 사랑이
고일 수 있을까

나는 밤마다 마른 가슴으로 빈 하늘을 향해 두
손을 모은다

- 「간절한 기도」 전문

「너와 집」은 적절한 비유로 작품으로서의 가치를 획득한 시다. 간결함 속에 함축미가 돋보인다. "창문에 손기척하는/샛바람 소리"가 감각적으로 다가온다.

칼릴 지브란은 『예언자』에서 "사랑은 소유가 아니라, 너와 나 사이에 존재하는 것"이라고 했다. 사랑의 감정은 영원성이 없다. 「간절한 기도」에서는 행마다 '있을까'란 의문형 어미를 사용하여 작자가 자신에게 반문反問하는 설의법을 쓰고 있다. 그 반문에 대한 답을 얻는 방법에는 오로지 "밤마다 마른 가슴으로 빈 하늘을 향해 두 손을 모으는" 기도가 있을 뿐이다. 그러므로 사랑은 영원한 숙제다.

4. 마무리

청봉 정승수 시인의 젊은 날 '질풍노도疾風怒濤'와도 같은 격렬하고도 생명력과 생동감이 넘치는 사랑의 질풍을 담아낸 「눈雪 속에 그 이름을 묻고」의 시 세계를 감상해 보았다.

정승수 시인의 '사랑 시'가 시로서 가치를 지닐 수 있는 것은 순순하고 맑은 진정성을 획득하고 있기 때문이다. 또한 시의 기본 요소인 음악성과 묘사에 의한 감각적 이미지를 살린 점도 눈길을 끌었다. 사실 '사랑 시'를 쓰기란 참으로 어렵다. 왜냐하면 감정을 적절하게 절제하거나 배제해야 하기 때문이다.

롤랑 바르트는 그의 저서 『사랑의 단상』에서 "글쓰기 안에 들어가면 들어갈수록 글쓰기는 나를 움츠리게 하며, 쓸모없게 만들 것이다. 그러므로 누군가가 내게 자신의 진지함을 매장하지 않고는 글을 쓸 수 없다는 것을 가르쳐주어야만 한다"라고 역설했다.

그만큼 좋은 글쓰기가 어렵다는 일침이다. 시는 더 말할 것도 없다. 함축된 '언어의 집'을 지어야 하기 때문이다. T. S. 엘리엇이 말한 대로 시는 형식과 내용의 등가물等價物이 되었을 때 완전한 한 채의 집이 된다. 이렇게 잘 지어진 '시의 집'은 우뚝하게 설 수 있을 것이다. 그리고 시인은 신神의 말을 받아 적는 사람이라고 한다. 그만큼 영감과 직관이 있어야 한다는 뜻이다. 앞으로 청봉 시인의 작품이 더 참신하고 폭넓은 시안詩眼으로 그가 신봉하는 신神의 말씀을 잘 받아 적는 시인이 되어 높고 넓은 詩의 바다에서 유영할 것을 기대한다.

눈雪속에 그 이름 묻고